Pablo Neruda

聶魯達

100首愛的14行詩

Cien sonetos de amor

陳黎・張芬齡——譯

m a ñ a n a / m e d i o d í a
/ t a r d e / n o c h e

目次

【譯序】

光與陰影並治的愛的共和國

陳黎・張芬齡

智利詩人聶魯達（Pablo Neruda, 1904-1973）是一九七一年諾貝爾文學獎得主，被譽爲二十世紀最偉大的拉丁美洲詩人。情感豐沛的聶魯達對世界懷抱熱情，對生命充滿探索的好奇心，對文學創作具有強烈的使命感，因此能將詩歌的觸角伸得既深且廣，寫出《地上的居住》（*Residencia en la tierra*）、《一般之歌》（*Canto general*）、《元素頌》（*Odas elementales*）、《狂想集》（*Estravagario*）、《黑島的回憶》（*Memorial de Isla Negra*）、《疑問集》（*El libro de las preguntas*）等許多動人的土地與生命的戀歌。

雖然聶魯達的詩風歷經多次蛻變，但是私密的情感生活始終是他創作題材的重要來源，二十歲、四十八歲、五十五歲時出版的三部情詩集《二十首情詩和一首絕望的歌》（*Veinte poemas de amor y una cancion desesperada*）、《船長的詩》（*Los versos del capitan*）、《一百首愛的十四行詩》（*Cien sonetos de amor*）即是明證。他的詩具有很奇妙的說服力和感染力，他相信「在詩歌的堂奧內只有用血寫成並且要用血去聆聽的

奇妙的說服力和感染力，他相信「在詩歌的堂奧內只有用血寫成並且要用血去聆聽的詩」，並且認爲詩應該是直覺的表現，是「對世界做肉體的吸收」。這樣的創作理念，我們在他早期的詩作，譬如《二十首情詩和一首絕望的歌》，即可略窺一二。

一九九五年以聶魯達爲主人翁的電影《郵差》，掀起了世界各地讀者重讀聶魯達詩歌的熱潮。電影原聲帶裡影歌星們唸的詩，有三首出自《二十首情詩和一首絕望的歌》，一首出自《船長的詩》，作爲始末的則是《一百首愛的十四行詩》中的兩首（第27與81）——這本大方、公開題獻給瑪提爾德的情詩集，是聶魯達於一九五五至一九五七年間寫成的。

一九五二年八月聶魯達結束流亡返回智利。他在智利有三處住所：一在聖地牙哥的林奇街，與卡麗兒同住；一在聖地牙哥的普洛維登西亞（Providencia），爲與瑪提爾德的密窩；一在聖地牙哥之北，智利中部太平洋濱的小村落黑島（Isla Negra）。黑島本爲一未開發之地區，僅有三戶人家，一九三九年，聶魯達在此購了一間簡陋的面海的石頭房子，大發奇想，稱其地爲「黑島」，但它既不是島，顏色也非黑色。他輪流與卡麗兒和瑪提爾德同居於此，居然不曾被卡麗兒識破，直到有一天女管家向卡麗兒透露實情，七十歲的卡麗兒遂毅然求去。一九五三年，聶魯達開始建造他在聖地牙哥的房子「查絲蔻納」（La Chascona）。一九五五年，與卡麗兒離異的聶魯達結束惱人的雙重生活，和瑪提爾德搬進新屋「查絲蔻納」同住，一直到一九七三年他死爲止。他們曾在國外結婚，但直到一九六六年十月才在智利舉行婚禮，完成合法手續。

聶魯達與瑪提爾德曲折的愛的旅行，負載著光，也負載著陰影。《一百首愛的十四行詩》出版於一九五九年，自然是他與瑪提爾德愛情的紀錄與信物。但比諸古典大師——譬如西班牙葛維鐸（Quevedo）、龔果拉（Góngora），義大利佩脫拉克，英國莎士比亞——所作，聶魯達的十四行詩大多未依循傳統骨架。傳統十四行詩對韻腳的講求，格律的設計，強化了十四行詩情感的密度與辯證的張力。聶魯達的十四行詩則每每鬆弛如一段散文，結構開放，思緒自然流動，發展。如他在書前獻辭所言：「我深知自古以來詩人們早就從各個面向，以優雅出眾的品味，爲十四行詩營造出像白銀、像水晶、像炮火一樣的聲韻；然而，我十分謙卑地，以木頭爲質料創作這些十四行詩，賦予它們那不透明的純粹物質的音響，傳送到你耳邊……」這些詩是木頭的，是質樸的，然而詩人說話的聲音卻自有一種黏合的力量，將這些詩行結構成完整的有機體——一間間包容詩人廣博、遊動的情思，「以十四塊厚木板」搭蓋起來的愛的小屋。

五十多歲的聶魯達在歷經社會及政治滄桑之後，終於在對瑪提爾德的愛裡找到了歇腳的地方：

親愛的，我自旅行和憂傷歸來
回到你的聲音，回到你飛馳於吉他的手，
回到以吻擾亂秋天的火，
回到迴旋天際的夜。

我為天下人祈求麵包和主權，
為前途茫茫的工人，我祈求田地，
但願無人要我歇止熱血或歌唱。
然而我無法棄絕你的愛，除非死亡到來。

就彈一首華爾滋歌詠這寧靜的月色吧，
一首船歌，在吉他的流水裡，

直到我的頭低垂，入夢：
因我已用一生的無眠織就
這樹叢中的庇護所——你的手居住、飛揚其間
為睡眠的旅人守夜。

（第80首）

雖然聶魯達在這些十四行詩裡時而展露歡顏，時而動情地歌讚，但是絕少綻放出清朗的微笑，甜美滿足之中總夾雜著幾分苦澀與寂寥。他認爲愛情有時候「是一座瘋狂城市，／門廊上擠滿了面色慘白的人們」，有時候像一股巨浪，會將戀人們「推向堅硬的石頭轟然碎裂」，將他們磨成粉末，有時候又「拖著痛苦的尾巴，／一長列靜止的荊棘之光」，因爲現實的陰影無時不刻地盤據於愛情的背後奸險竊笑：

惡毒的腳步尾隨著我，
我笑，可怖的鬼臉模擬我的面容，

我歌唱，嫉妒咬牙切齒地詛咒我。
而那是，愛人啊，生命給予我的陰影：
一套空蕩蕩的衣服，一跛一跛地
追逐我，彷彿露出血腥微笑的稻草人。
（第60首）

但愛情儘管苦澀，卻是帶領戀人們飛出陰影的一對翅膀，是將混亂擾攘的世界屏棄門外的祕密城堡，是開啓被陰影關閉之門的唯一鑰匙，是唯一可與死亡、挫折、孤寂等人世黑暗相抗衡的力量：

因為在我們憂患的一生，愛只不過是
高過其他浪花的一道浪花，
但一旦死亡前來前來敲門，啊，

就只有你的目光將空隙填滿，
只有你的清澄將虛無抵退，
只有你的愛，把陰影擋住。

（第90首）

這本情詩集絕非一面倒的對愛情的歌頌，光與陰影在其中頡頏角力，相辯相成。對生命苦樂參半本質的深刻認知，賦予了聶魯達的情詩更豐富的質地，更繁複的色澤。雖然在某些時刻，他的愛情是荊棘叢中的玫瑰，是憂鬱的島嶼，是孤寂的屋裡疼痛的窗口，是掉入甜美的憂傷，是，充其量，緩緩長河脈動中的一滴水；但在更多時候，他的愛情是永不熄滅的火光，是無法折斷的纖細荊棘，是穿過生命之樹的奢華光芒，是拋扔於冰涼生命枝葉間的火。

一百首愛的十四行詩，是一百次網罟撒向大海，企圖打撈愛的魚苗；是一百隻觸角伸向未來，企圖向時間追討永恆；是一百次巨浪拍岸，將詩人捲入洶湧險惡的現實，又將疲憊的他送回岸上——而瑪提爾德正是守候在岸邊的柔軟溫潤的草地。

一如他前兩本情詩集《二十首情詩和一首絕望的歌》與《船長的詩》，聶魯達在這本十四行詩集裡大量使用與自然界有關的意象描寫女體，將瑪提爾德化爲紛亂人世裡美好秩序的象徵，一股安定靈魂的力量。她是大地，是結實纍纍的果樹，是飽滿的蘋果，是芬芳家國的泥土和樹脂，是熟稔的黑黏土，是野地的小麥；她是音樂、時間、雨樹，是沙子、木頭，布，是琥珀、瑪瑙，是邊界、河流、小村落，是透明的桃子，是溢出酒香的酒窖；她是生活，是芬芳的月亮所揉製的麵包，她的額頭、腿和嘴是被他吞食、隨晨光而生的麵包，她是麵包店的旗幟，是他的靈魂每日的麵包；她是美的化身，她赤裸的身體是月之線條，是蘋果的小徑，纖細如赤裸的麥粒，遼闊澄黃如夏日流連於金色的教堂，蔚藍如古巴的夜色，藤蔓和星群在她髮間駐留；她是人間最動人的風景，她穿山越嶺，像一陣微風，像湍急的水流自雪下滴落，是糾纏的藤蔓所統領的丘陵地，是荒涼的銀灰色大草原。她結合了水和大地的深沉本質，純淨如水又富含土香，使浪潮滿漲，種籽鼓脹——如同陰影跟隨光，她是他存在的最佳理由。

整本《一百首愛的十四行詩》分成早晨，中午，傍晚，和夜晚四部份，季節變動的光影，死與生的形貌，愛之喜與悲的色澤，不斷閃現其中。這是詩人一日之作息，也是一生之作息。它是十四行詩歷史的一個陸標，不僅再次讓讀者見證到聶魯達滿溢的創作才氣，也爲逐漸枯乾、僵化的古老詩體，注入新生的氣息。它神奇地將最屈從、最封建的詩體（十四行詩裡常可見爲討贊助者歡心的騎士似的克己無私以及慇勤恭維）轉變成爲一個丈夫日常作息、悲苦、隱私、憂思的備忘錄。它將一度忽而羞怯、忽而冷酷的情人，從中世紀城堡的高塔，帶進以「蠟，酒，油，／大蒜」爲武器，以「杯子，盛滿黃油的油壺」以及湯杓、鐮刀、肥皂泡爲盔甲的中產階級廚房，聽著她「上樓，唱歌，奔跑，行走，彎腰，／種植，縫紉，烹飪，鎚打，寫字……」。

聶魯達的十四行詩融合了優雅與鄙俗，永恆與當下，讓愛與死，光與影共同執政。

二〇一六年一月．花蓮

獻辭 | MENSAJE

給瑪提爾德．烏魯齊雅

我鍾愛的妻子，我在寫這些被訛稱爲「十四行詩」的詩作時，飽受折磨；它們令我心痛，惹我神傷。但題獻給你時，我心中所感受到的喜悅像大草原一樣遼闊。著手此一寫作計劃時，我深知自古以來詩人們早就從各個面向，以優雅出衆的品味，爲十四行詩營造出像白銀、像水晶、像炮火一樣的聲韻；然而，我十分謙卑地，以木頭爲質料創作這些十四行詩，賦予它們那不透明的純粹物質的音響，傳送到你耳邊。在森林裡、沙灘上，在隱蔽的湖畔、灰燼點點的地區散步時，你和我曾撿拾天然的材枝，那些隨流水和天候來去的木塊。我以小斧頭、彎刀和小折刀，用如此柔軟的廢棄物，打造這些愛的材堆；我以十四塊厚木板，搭蓋每一間小屋，好讓我愛慕歌頌的你的眼睛居住其中。述說完我的愛情根基，我將這個世紀交付於你：木質的十四行詩於焉興起，只因你賦予了它們生命。

一九五九年十月

早晨 | mañana

1

瑪提爾德：植物，岩石，或酒的名字，
始於土地且久存於土地的事物之名，
天光在它成長時初亮，
檸檬的光在其夏日迸裂。

在這個名字裡木製的船隻航行，
被團團海藍的火環繞：
它的字母是河水，
流入我焦乾的心。

啊，顯露於藤蔓下的名字，
彷彿一扇門通向不知名的隧道，
通向世界的芬芳！

啊，用你熾熱的嘴襲擊我，
如果你願意，用你夜的眼睛訊問我，
但讓我航行於你的名裡並且安睡。

2

愛人，要到達吻，路何其漫長，
要多少流浪的寂寞才能有你為伴！
火車在雨中孤獨地繼續前駛。
在塔塔爾春天尚未露出春光。

但是你和我，愛人，我們在一起，
從衣服直到根部皆在一起：
一起在秋天，在水中，在臀部，
直到只有你，只有我，在一起。

想想河水夾帶多少石頭，
一路流抵博羅亞河出口；
想想重重火車與國家的阻隔，

你和我需要的只是彼此相愛：
和萬物混合，和男人，和女人，
和孕育、教養康乃馨的大地。

譯註：塔塔爾，安多法加斯塔城外的一個小海港，位於智利中北部荒涼的硝酸鹽高原上。博羅亞河是亞馬遜河上游的支流，其水域覆蓋祕魯、巴西和哥倫比亞，為多岩石、蒼翠、水流密佈的高地；古印第安博羅（Boro）族所居。

3

苦澀的愛，以荊棘爲冠的紫羅蘭，
充滿刺人的熱情的灌木叢，
憂傷之矛，忿怒之花冠，
你經由什麼途徑，如何走向我的靈魂？

你爲何突然將你痛苦之火
抛扔於我生命冰涼的枝葉間？
是誰指引你來路？什麼花，
什麼岩塊，什麼煙帶領你到我的居所？

駭人的夜確實顫動著，
黎明將所有的高腳杯斟滿了酒，
太陽向天下昭告它的存在，

而殘暴的愛無止歇地纏繞著我，
直到它以利劍、以荊棘刺穿我，
在我心中開出一條焦灼的路。

4

你將記得那變化莫測的溪谷，
在那兒悸動的香氣上揚，
有時候飛來一隻鳥，穿著
水色和悠然：冬天的衣飾。

你將記得那些大地饋贈的禮物：
暴躁的芬芳，金黃的泥土，
灌木叢中的野草，瘋狂蔓生的樹根，
利如刀劍的奇妙荊棘。

你將記得你帶來的花束，
陰影與寂靜之水的花束，
彷彿綴滿泡沫的石頭般的花束。

那段時光似乎前所未有，又似乎一向如此：
我們去那裡，一無所求，
卻發現所有東西都在那兒等候。

5

不要讓夜，大氣或黎明碰觸你，
只讓大地，纍纍花果之德，
隨清水的歌聲生長的蘋果，
你芬芳家國的泥土和樹脂。

從你眼睛的起點昆奇瑪利
到在弗蘭提拉爲我而造的你的雙足，
你是我熟稔的黑黏土：
在你臀部我再次觸到所有麥子。

雅勞科女子啊，你或許不知道
在愛你之前我忘了你的吻，
我的心卻一直記得你的嘴，

而我像傷患般穿行過一條條街道，
直到明瞭我早已覓得，
啊愛人，我的吻和火山的領土。

譯註：昆奇瑪利，瑪提爾德出生地智蘭城外的一個小鎮，位於聖地牙哥南部，和智蘭一樣，以黏土和罕見的黑陶著稱。弗蘭提拉，智利沿海多火山、冰雪覆蓋的荒原邊界，聶魯達在此附近度過童年。聶魯達成長於康塞普西翁（Concepción）省南方，泰穆科鎮附近，智利南部太平洋地勢崎嶇、多雨的邊境地區。泰穆科鎮於十九世紀為雅勞科印地安人所建，距智蘭一百哩。

6

在森林中走失，我折下一根暗黑的細枝，
將它發出的細語舉向我乾渴的唇：
那也許是哭泣的雨水，
龜裂的鐘，或撕碎的心的聲音。

某種傳自遠方的東西，聽起來
深沉而祕密，被大地所覆蓋，
啊被廣大秋天，被樹葉半掩、潮濕的
陰暗所蒙蔽的呼喊。

自樹林的夢中醒來，
榛樹的嫩枝在我舌下歌唱，
它飄浮的香味攀爬過我清明的心，

彷彿被我遺棄的根突然間
又來尋我，那隨童年逝去的國度——
我停了下來，被漫遊的香氣所傷。

7

「隨我來吧，」我說——沒有人知道
我的苦痛在哪兒，或如何悸動，
沒有人送我康乃馨或船歌，
除了愛情劃開的一道傷口。

我又說了一次：隨我來吧，猶如臨終遺言，
沒有人看到在我口中淌血的月亮，
沒有人看到那向寂靜升起的血液。
啊愛人，讓我們忘掉那多刺的星！

那就是爲什麼，當我聽到你的聲音重說出
「隨我來吧」，覺得你似乎釋放了
被囚禁的酒的憂傷，愛，和憤怒，

砰砰然自酒窖深處湧起：
我的嘴再次嘗到火的滋味，
血和康乃馨，岩石和燙傷的滋味。

8

如果你的眼睛不是月亮的顏色，
不是充滿黏土、工作和火的日子的顏色，
如果你不是受監禁時仍能靈活如風，
如果你不是琥珀色的星期，

如果你不是黃色的時刻
當秋天攀爬於藤蔓間；
如果你不是芬芳的月亮所揉製的
麵包，麵粉遍撒於天際，

噢，最親愛的，我便不會愛你！
當我擁你入懷，我便擁有了一切——
沙子，時間，雨樹，

萬物生機勃勃，我遂能生機勃勃：
我無須移動即可看到一切：
在你的生命中我看到一切生命。

9

海浪在不安的岩塊上碎裂，
明亮的光在那兒迸破，綻放出玫瑰，
海的圓周縮小成為一束花苞，
成為一滴藍色的鹽而落下。

噢，綻放於泡沫的木蘭花，
迷人的過客，它的死亡開花
又消逝，周而復始地出現，消失：
破碎的鹽，令人目眩的海的運動。

你和我，愛人啊，讓我們一同封住沉默，
當海洋摧毀它無止盡的雕像，
推倒它衝動的白塔，

因爲在漫漫水波和滾滾沙石
交織成的隱形織物裡，
我們支撐起獨一且多難的溫柔。

10

這美是輕柔的，彷彿音樂與木頭，
瑪瑙，布，小麥，透明的桃子，
打造出一座曇花一現的雕像。
她迎著浪散發出她對立的新鮮。

海水濺濕那些曬黑的腳——它們
剛剛在沙上雕刻出腳印。
如今她陰柔的玫瑰之火
是與太陽和海搏鬥的唯一泡沫。

啊，但願碰觸你的只是冰冷的鹽！
但願愛情不會破壞那完好的春日！
美麗的女人，無盡泡沫的回聲，

願你雕像般的臀部在水中舞出
天鵝或百合的新韻律，
當你的身影漂浮過那永恆的水晶。

11

我想望你的嘴，你的聲音，你的髮。
沉默而飢渴地，我遊蕩街頭。
麵包滋養不了我，黎明讓我分裂，
一整天我搜尋你兩腳流動的音響。

我渴望你滑溜溜的笑聲，
你那有著豐收色澤的雙手，
渴望你蒼白玉石般的指甲，
我想吃掉你的皮膚像吞下一整顆杏仁。

我想吃掉在你可愛的體內閃耀的陽光，
你驕傲的臉龐上至高無上的鼻子，
我想吃掉你眼睫上稍縱即逝的陰影。

我飢渴地四處走動，嗅尋霞光，
搜尋你，搜尋你熾熱的心，
像基特拉杜荒原上的一頭美洲豹。

譯註：一八七五年，基特拉杜族——雅勞科族的分支——的總人口數為一百六十人。今日，「基特拉杜」一詞主要用來指稱泰穆科南方那一小片荒涼的、多火山的冰河期雅勞科高原。

12

豐滿的女人，肉做的蘋果，滾燙的月亮，
海草、泥漿和搗碎的光濃郁的氣味，
是什麼樣幽暗的明亮在你的圓柱間開啓？
男子以感官觸摸到的是什麼樣古老的夜？

噢，愛是一趟與水和星星同行的旅程，
與溺水的大氣和麵粉的暴風雨；
愛是閃電的撞擊，
是臣服於一種蜂蜜的兩個身體。

吻復一吻我漫遊於你小小的無限，
你的邊界，你的河流，你的小村落；
而轉化為快感的生殖之火

悄悄穿行過狹窄的血道，
直到它快速傾洩如夜晚的康乃馨，
直到它似實實虛，如一道暗中的光。

13

從你雙腳上升到髮際的光，
那包裹你纖柔軀體的力量，
不是珍珠母，不是冰冷的銀：
你是麵包做的，烈火愛慕的麵包。

麵粉在你體內建立糧倉，
在幸福的年歲增長，高漲：
當麵糰使你的乳房加倍隆起，
我的愛是在土中待命的煤炭。

啊，你的額頭是麵包，你的腿是麵包，
你的嘴也是，被我吞食，隨晨光而生的麵包，
我的愛，你是麵包店的旗幟，

火教給了你血的課程，
你自麵粉體認到自己的神聖，
自麵包學會你的語言和芳香。

14

我沒有足夠的時間頌揚你的頭髮。
我應該一根根細數並且讚美它們：
別的愛人希望和美目共同生活，
我只想當你的美髮師。

在義大利你被命名為「梅杜莎」，
因為你鬈曲而高聳的髮光。
我稱你「鬈髮的」，「我的亂蓬蓬的」；
我的心對你頭髮的門徑瞭若指掌。

當你迷失於自己的髮中，
不要忘了我，要記得我愛你。
別讓我徘徊不定——離開了你的髮——

穿過那由這麼多唯見陰影與
短暫哀愁的街道構成的黑暗世界，
直到太陽升起，照亮你髮上的高塔。

譯註：梅杜莎（Medusa）為希臘神話中的蛇髮女妖之一，凡人見到她們會因恐懼而化為石頭。

15

大地已認識你很久了：
你像麵包或木頭一樣結實，
你是實體，一簇牢靠的物質，
具有刺槐和金色蔬菜的重量。

我感知你的存在，不僅因為你的眼睛飛旋
將光灑落萬物，如開啓的窗子，
同時因為你是泥塑的，在智蘭，
在驚愕的泥磚窯裡燒製而成。

生命溢散如空氣，如水，如寒冷，
模糊不清，被時間一碰便消失，
彷彿在死前即碎爲細屑。

但你我將如岩石般墜入墳裡：
因爲我們永不磨蝕的愛，
地球將隨我們生生不息。

16

我喜歡像一塊土地的你，
因爲在它星球般的草原
我別無其他星星。你複製了
不斷繁衍的宇宙。

你寬廣的眼睛是我竊自
已毀星座的亮光；
你的皮膚顫動有如彗星
劃過雨中留下的紋路。

對我而言你的臀部頗有月亮之姿；
你深邃的嘴和它洋溢的喜悅，像太陽；
你的心，燃著火辣辣的紅光，

是強光的化身，彷彿陰影中的蜂蜜。
我於是行過你軀體之火，親吻你——
小小的，行星般，鴿子般，地理般的你。

17

我愛你，但不把你當成玫瑰，或黃寶石，
或火光四射的康乃馨之箭。
我愛你，像愛戀某些陰暗的事物，
祕密地，介於陰影與靈魂之間。

我愛你，把你當成永不開花
但自身隱含花的光芒的植物；
因爲你的愛，某種密實的香味
自大地升起，暗存於我體內。

我愛你，不知該如何愛，何時愛，打哪兒愛起。
我對你的愛直截了當，不複雜也不傲慢；
我如是愛你，因爲除此之外我不知道

還有什麼方式：我不存在之處，你也不存在，
如此親密，你擱在我胸前的手便是我的手，
如此親密，我入睡時你也闔上雙眼。

18

你穿山越嶺像一陣微風，
或雪下湧出的急劇的水流：
你顫動的頭髮密密叢叢，
彷彿太陽高聳的飾物。

高加索所有的光灑落你的身體，
像小小的花瓶，無止盡地折射，
瓶水隨河水透明的流動
不停變換衣服和歌曲。

古戰道蜿蜒穿過山脈，
而下方，在礦物之手的壁壘間，
水像利劍一般兇猛發光，

直到你忽然收到樹林子送的
開了幾朵藍花的枝條或閃電，
以及狂野香味的奇特之箭。

19

當黑島巨大的海沫，
藍色的鹽，浪裡的陽光濺在你身上，
我看著工作中的蜜蜂
專注於其宇宙裡的蜂蜜。

它來來去去，筆直金黃地平穩飛行
彷彿滑行於隱形的鐵絲上：
它的舞姿優雅，它的腰充滿渴望，
它無情的小針伺機暗殺。

它的彩虹由石油和橘子構成，
它搜尋如草叢裡的飛機，
它帶著釘子的聲響飛過，消失，

而你自大海裸身而出
重回那滿是鹽分與陽光的世界：
反射的雕像，沙中之劍。

20

我的醜人兒，你是一粒未經梳理的栗子，
我的美人兒，你漂亮如風，
我的醜人兒，你的嘴巴大得可以當兩個，
我的美人兒，你的吻新鮮如西瓜。

我的醜人兒，你把乳房藏到哪裡去了？
它們乾瘦如兩杯麥粒。
我更願意見到兩個月亮橫在你的胸前，
兩座巨大的驕傲的塔。

我的醜人兒，大海的店鋪裡找不到你這樣的指甲，
我的美人兒，我一朵一朵花，一顆一顆星，
一道一道浪地爲你的身體，親愛的，編了目錄：

我的醜人兒，我愛你，愛你金黃的腰，
我的美人兒，我愛你，愛你額上的皺紋，
愛人啊，我愛你，愛你的清澈，也愛你的陰暗。

21

噢，但願愛情將其滋味佈滿我身，
不要再有片刻見不到春天，
我只將我的手賣給了憂傷，
此刻，最親愛的，請留下吻與我相伴。

用你的芳香遮蔽這敞開的月分的光，
用你的頭髮關閉所有的門。
而別忘了，我若哭著醒來
那是因爲在夢中我只是個迷途的小孩

穿過夜晚的樹葉尋找你的手，
尋找你小麥似的愛撫，
陰影和活力閃爍的狂喜。

噢我的至愛，那兒除了陰影別無一物：
你陪我走過你的夢境，
且告訴我光何時歸返。

22

多少次，愛人啊，我愛你卻不見你，不記得你，
認不出你的目光，沒有注意到你，一株
生錯地方，曝曬於正午的矢車菊：
你只是我愛的穀物的味道。

或許我見過你，想像你舉起酒杯
在安格爾，映著六月的月光；
或者你是我在陰影裡撥弄的那把吉他
的腰身，那把聲如洶湧大海的吉他？

我愛你卻不自知，我搜尋著你的記憶。
我拿著手電筒闖進空屋偷取你的相片，
然而我早知你的模樣。突然間，

你就在我身邊，我撫摸了你，我的生命停止：
你立在我眼前，女王般統治著。
彷彿森林中的篝火，火燄是你的疆土。

譯註：安格爾，雅勞科境內馬烈可省的省會，就在智蘭南方不遠處。

23

以火為光，以怨恨的月亮為麵包，
茉莉花複製其繁星點點的祕密；
一份駭人的愛，一雙柔白的手
給了我的眼睛和平，給了我的感官太陽。

噢愛人，你何其快速地在傷處
構築了甜蜜的堅定，
你擊退了邪惡、嫉妒之爪，
而今我倆合為一體立於世界之前。

過去如此，現在如此，未來如此，
狂放甜美的愛人，最親愛的瑪提爾德，
直到時間爲我們指明白日最後的花朵。

屆時將無你，無我，無光：
而在地球和陰影的另一端，
我倆愛的光輝仍將生機盎然。

24

愛人啊，愛人，雲朵升上天空之塔
像得意洋洋的洗衣婦，
一切藍光輝耀，一切如一顆星，
海洋，船隻，日子齊遭放逐。

來看那繁星燦爛之水上的櫻桃樹
以及快速宇宙的圓形密碼；
來觸摸這僅蔚藍片刻的火焰，
趁它花瓣尚未凋萎之際。

這裡只有光，大量的，成串的，
被風的美德所開啟的空間，
直到它交出泡沫最終的祕密。

置身於諸般天空之藍、沉沒之藍中，
我們的眼睛有點迷惑，幾乎無法察見
大氣的力量，海面下的密碼底本。

25

在愛你之前，啊愛人，我一無所有：
我躊躇於市街上，擺盪於物品間：
一切都無關緊要，都沒有名字：
世界由守候的空氣構成。

我熟悉滿佈灰塵的房間，
月亮所住的隧道，
道別的嚴酷的飛機棚，
固執於沙中的疑問。

一切皆空無，僵死，喑啞，
墮落，廢棄，腐朽：
一切超乎想像的陌生，

一切是別人的，又不屬於任何人，
直到你的美貌和貧窮
爲秋天帶來豐盛的禮物。

26

無論是伊奎克可怖沙丘的色澤，
或瓜地馬拉杜瑟河的河口，
都改變不了你那臣服於小麥的輪廓，
豐滿如葡萄的身形，吉他一般的嘴巴。

噢我的心上人，自萬物沉寂以來，
從糾纏的藤蔓所統領的丘陵地
到荒涼的銀灰色大草原，
大地的每一片美景都是你的翻版。

然而不論是礦山孤僻的手，
或西藏的雪，或波蘭的石頭，
都改變不了你那遊走的穀物般的丰姿：

彷彿智蘭的黏土或小麥，吉他或成串
花果，在你身上固守其疆土，
執行野蠻月亮之指令。

譯註：伊奎克，智利北部的漁港及觀光城，有壯麗的白沙海灘，綿延數哩。杜琵河，瓜地馬拉境內的河流，河口有若干港口。杜琵河本意為「甜美之河」。

27

裸體的你單純如你的一隻手，
光滑，樸拙，小巧，圓潤，透明，
你有月亮的線條，蘋果的小徑，
裸體的你纖細有如赤裸的麥粒。

裸體的你蔚藍如古巴的夜色，
藤蔓和星群在你髮間。
裸體的你，遼闊橙黃，
像夏日流連於金色的教堂。

裸體的你微小如你的一片指甲，
微妙的弧度，玫瑰的色澤，直至白日
出生，你方隱身地底，

彷彿沉入衣著與雜務的漫長隧道：
你清明的光淡去，穿上衣服，落盡繁葉，
再次成爲一隻赤裸的手。

28

愛人啊，從種籽到種籽，從行星到行星，
風之網以及其昏暗之國家，
戰爭以及其血腥之鞋，
甚或帶刺的日與夜。

我們所到之處，島嶼或橋或旗幟，
盡是千瘡百孔的短暫秋日的小提琴，
快樂在酒杯邊緣發出回響，
憂傷用眼淚的課程牽絆我們。

風在所有共和國開展其
逍遙法外的旗幟，冰狀的頭髮，
而後讓花朵重回工作崗位。

但在我們體內秋天從未枯萎。
在我們不動的故土，愛情發芽，滋長，
授與我們露珠的權利。

29

你來自南方貧窮的家庭，
寒冷多地震的艱苦區域，
那兒神們自己也朝死亡滾去，
仍教我們向黏土學習生活。

你是黑黏土塑成的小馬，黑泥
造的吻，親愛的，你是黏土做的罌粟，
飛馳於路上的薄暮的鴿子，
我們貧苦童年的淚的撲滿。

女孩，你總是保有一顆貧窮的心，
保有一雙習慣於石塊的貧窮的腳，
你的嘴巴常不知麵包或糖果的滋味。

你來自滋養我靈魂的貧苦的南方：
在它的天上，你的母親與我的母親仍
一同洗衣。我因此選你爲伴侶。

30

你有著群島落葉松似的濃密秀髮，
數百年的歲月做成的肉身，
見識過森林樹海的靜脈，
自天空滴進回憶的綠色血液。

無人能找回我失落的心，
自所有的根，自因水的狂怒
倍加鮮亮刺眼的陽光。
那是不尾隨我的陰影的居所。

爲此你像島嶼般自南方升起，
綴滿羽毛、木料，且以之爲頭冠，
而我聞到那些漂流森林的氣味，

我尋到在樹林子裡見過的暗色蜂蜜，
我撫摸你臀上那些陰鬱的花瓣，
它們隨我而生，形成我的靈魂。

譯註：泰穆科以南的智利主要是一個由數千個荒蕪的島嶼所組成的群島——更貼切的說法是：一連串的群島。

31

讓我以南方的桂樹和羅塔的牛至樹
為你加冕，我骨頭的小君主。
你不能沒有那頂大地
以香脂和綠葉為你編織的后冠。

和你的愛人一樣，你也來自綠色省份：
從那兒我們帶來流動於我們血液的泥土。
我們走在城市裡，像許多人一樣，迷路了，
深恐市集已打烊。

最親愛的，你的影子有李子的芬芳，
你的眼睛植根於南方，
你的心是撲滿般的鴿子，

你的身體像水中的石子一樣光滑，
你的吻是新鮮帶露的成串果子，
生活有你相伴，形同與大地同居。

譯註：羅塔，距離智蘭五十哩，瀕臨太平洋，以翠綠植物以及煤礦著稱。

32

早晨的屋子：眞理混作一團，
毯子和羽毛，一日方始卻已
亂了方向，漂浮如可憐的小船
在秩序與睡夢的水平面之間。

物品只想拖著遺骸前行，
無目標的追隨，冷冷的遺產，
文件藏匿起它們萎縮的母音，
瓶中的酒偏愛延續昨日。

賦予萬物秩序的人兒啊，你閃爍其間
像隻蜜蜂將觸角探向深陷黑暗的區域，
你用你白色的能源征服光。

你如是建構了一種新的明晰：
物品欣然臣服於生命之風，
井然之序讓麵包，鴿子各安其位。

中午 | mediodía

33

親愛的，我們現在要回家了，
回到葡萄藤爬滿台階的家：
裸體的夏季踩著忍冬的步伐，
將在你到達前到達你的臥房。

我們遊牧的吻浪跡天涯：
亞美尼亞，滴滴掘出的濃蜜，
錫蘭，綠色的鴿子，還有揚子江
以悠久的耐性將白日與黑夜分開。

而今，最親愛的，越過澎湃的海洋
我們歸返，像兩隻盲鳥飛回牆頭，
飛回遙遠春天的窩巢。

因為愛無法不眠不休地飛翔：
我們的生命回到海的石頭或牆壁，
我們的吻回歸我們的領土。

譯註：一九五五到一九五六年間，聶魯達與瑪提爾德旅居蘇俄、中國，和若干社會主義的國家，也在法國和義大利落腳。

34

你是海的女兒，也是牛至樹的表親，
你是泳者，身體純淨如水，
你是廚子，血液鮮活如土壤，
你的一舉一動充滿花色，富含土香。

你的眼眸投向海洋，浪潮便滿漲；
你的手伸向大地，種籽便鼓脹。
你明瞭水和大地的深沉本質，
兩者在你身上合而爲一，像黏土的配方。

水之精靈啊，你的身體被綠松石切割，
而後在廚房裡復活，燦放，
你如是成爲存在的萬物，

而最後安睡於我雙臂的環抱中，爲你
推開陰影，好讓你歇息——
蔬菜，海藻，芳草：你夢中的泡沫。

35

你的手自我的眼睛飛入白晝。
光湧進，像一叢燦開的玫瑰。
沙和天空搏動著，有如
綠松石雕成的全盛期蜂巢。

你的手輕觸叮噹作響的音節，輕觸
杯子，盛滿黃油的油壺，
花瓣，噴泉，還有最重要的，愛，
愛：你純淨的手護衛著湯杓。

等傍晚到臨。夜悄悄地將它的天艙
置於男子睡夢的上方。
忍冬釋出悲傷、野生的氣味。

而後你飛翔的手又飛了回來，
闔上我原本以爲不知去向的羽翼，
在被黑暗吞噬的我的眼睛上方。

36

我的心上人，芹菜和木槽之女王，
紗線和洋蔥之小豹，
我喜歡看你的迷你帝國火花閃耀：
你的武器是蠟，酒，油，

大蒜，被你雙手開啓的土壤，
在你手中點燃的藍色物質，
化夢境爲沙拉的轉世本領，
纏繞於澆水用軟管上的蛇。

你，帶著撩撥香味的鐮刀，
你，帶著發號施令的肥皂泡，
你，爬上我發狂的梯子和樓梯。

你，掌管我字跡的特質，
且在筆記本的沙粒裡找到那些
正在覓尋你芳唇的迷途的音節。

37

噢愛人，噢瘋狂的陽光和紫色的威脅，
你前來造訪並且登上你那清涼的樓梯，
那座被時間以煙霧加冕的城堡，
關閉的心蒼白的牆壁。

沒有人知道只有細膩的關切
才能建構它城市般堅固的水晶；
沒有人知道血液噴湧鑿開了憂傷的隧道，
但無力推翻冬日的統治。

因為這樣，愛人啊，你的嘴，你的皮膚，你的光，
你的悲傷都是生命的傳家之寶，來自雨水，
來自大自然的神聖禮物，

那緊握並舉起豐實種耔的大自然，
地窖中的酒所釀造的祕密風暴，
土壤中的穀物所閃現的火光。

38

正午時分你的屋子聽似一列火車，
蜜蜂嗡嗡叫，鍋子在歌唱，
瀑布替水珠的作爲編寫目錄，
你的笑聲展開棕櫚樹的顫音。

牆上的藍光和岩石交談，像
以口哨吹唱電報的牧羊人般到來；
在兩株聲音青翠的無花果樹之間，
荷馬穿著輕巧無聲的鞋登上山丘。

唯有在這兒城市可以無聲無憂，
沒有永恆，沒有奏鳴曲，嘴巴，或汽車喇叭；
只有瀑布與獅子的對話，

還有你，上樓，唱歌，奔跑，行走，彎腰，
種植，縫紉，烹飪，鎚打，寫字，返家，
或者你已離去——而我知道冬天已然降臨。

39

然而我忘了你的手曾經餵飽
根部，替糾纏的玫瑰澆水，
直到你的指紋也開了花
沉浸於大自然一片安詳之中。

鋤頭和水像你的寵物一樣
亦步亦趨伴隨著你，咬嚙舔舐大地，
就像這樣，你工作，迸發
繁殖力，康乃馨火樣的鮮麗。

願你的手擁有蜜蜂的愛和尊嚴，
在土裡揉雜它們透明的家族，
甚至在我的心田耕耘，

使我像一塊燒焦的岩石，
在你挨近時突然歌唱，因爲它啜飲的是
經由你的聲音輸送來的森林之水。

40

寂靜一片翠綠，光潮濕，
六月如蝴蝶般顫動，
而瑪提爾德啊，你在南方領地，
從海和岩石走來，穿越正午。

你滿攜含鐵的花朵，
遭南風折磨復遺忘的海藻，
但你那雙白皙依舊、因鹽分腐蝕而
龜裂的手，自沙中舉起穀穗。

我愛你純淨的禮物，你那如完好石塊的皮膚，
你指端陽光璀璨的獻禮：指甲，
你那滿溢喜悅的嘴巴。

但，爲了我深淵旁的屋子，
請給我苦惱的寂靜的體系，
被遺忘在沙裡的海之樓閣。

41

一月的厄運，當冷漠的
正午在天空畫下它的等式，
一塊堅硬的黃金，像快滿溢的杯中之酒，
據滿大地直至其藍色的邊界。

這一季的厄運像小葡萄，
將綠色的苦澀聚集在一起，
困惑而隱匿的歲月的淚水，
直到壞天氣公開了它們的串串果實。

是的，胚芽，憂傷，在一月剝裂的
光裡，因驚懼而悸動的萬物
都將成熟，燃燒，一如水果因炙曬而熟透。

我們的憂愁將會崩解：靈魂將會
穿梭如風，而我們的住所也將
被打掃乾淨，有新鮮的麵包在桌上。

譯註：在南半球，一月是盛夏時分（八月是冬盡早春時分；三月是秋季）。

42

搖晃於海水上的燦爛日子，
凝聚有如黃色岩石的內部，
它的光輝像蜂蜜，未受任何騷動損毀，
仍然保有矩形的純粹。

是的，時光像火一般嗶啪作響，或者像蜜蜂，
埋身葉間從事綠色的工作，
直到在頂端枝葉抵達一個
閃爍、低語的亮麗世界。

火之焦渴，夏之灼燒與繁盛，
以幾片樹葉建造一座伊甸園，
因爲黑臉的大地不要苦難，

它希望人人擁有清爽，火，水，麵包：
任何事物都不該拆散人們，
除了太陽或夜晚，月亮或樹枝。

43

我在萬象之中尋找你的影跡，
在湍急起伏的女人之河裡，
在髮辮，羞怯低垂的眼睛，
滑行過泡沫的輕盈腳步。

我忽然覺得可以辨識出你的指甲——
長橢圓形，靈巧，櫻桃的姪女們；
還有你那自我身旁經過的頭髮，我想
我看到了燃燒於水中你那篝火的形象。

我尋尋覓覓，但無人能有你的律動，
你的光，你自林中帶回的黑黏土；
無人有你嬌小的耳朵。

你完整而簡潔，你的一切自成一體，
我就這樣與你漂流前行，愛戀著一條
流向女性海洋的寬闊的密西西比河。

44

你必須明白我不愛而又愛著你，
因爲生命有兩面；
言語是沉默的一隻翅膀，
火也有它冰冷的另一半。

我愛你是爲了開始愛你，
爲了再度啓動無限，
永不停止愛你：
那便是我尚未愛你的緣故。

我愛你，也不愛你，彷彿
手中握著幸福的鑰匙以及
開啓悲慘混亂命運的鑰匙。

爲了愛你，我的愛有兩個生命。
因此我在不愛你的時候愛你，
也在愛你的時候愛你。

45

別走遠了，連一天也不行，因爲，
因爲，我不知該怎麼說，一天是很漫長的，
我會一直等著你，彷彿守著空曠的車站，
當火車停靠在別處酣睡。

別離開我，連一小時也不行，因爲
那樣點點滴滴的不安會全數浮現，
四處流浪覓尋歸宿的煙也許會飄進
我體內，絞勒住我迷惘的心。

啊，願你的側影永不流失於沙灘，
啊，願你的眼皮永不鼓翼飛入虛空：
連一分鐘都不要離開我，最親愛的，

因為那一刻間，你就走得好遠，
我會茫然地浪跡天涯，問道：
你會回來嗎？你打算留我在此奄奄一息嗎？

46

在我讚賞的所有星星當中——它們浸濕於
諸多河流和露水裡——
我只選我愛的那顆，
從此我與夜同眠。

在所有海浪當中——一個浪又一個浪，
碧綠的海，碧綠的冷冽，碧綠的分枝——
我只選這一片波浪：
不可分割的你的身體之浪。

所有的水滴，所有的根，
所有的光線都來了，
它們來到我這裡，或早或遲。

我要你的髮屬於我。
在我祖國所賜的一切恩典中，
我只選你那顆野性的心。

47

我想回頭看看在樹枝間的你。
你逐漸地變成了果實，
毫不費事地自根部升起，
吟唱你那樹液的音節。

在此你將先成爲一朵香花，
變形爲吻的塑像，
直到太陽與地球，血與天空，
授予你喜悅和甜美。

我將在枝椏間辨識出你的頭髮，
你那在枝葉間成熟的影像，
那影像讓葉子更挨近我的渴，

而我的嘴將充滿你的味道，
那自大地升起，帶著你
醉人果實之血的吻。

48

兩個快樂的戀人構成一塊麵包，
草叢中的一滴月光；
行走時，留下兩道一起流動的陰影，
醒來後，床上唯見一個空太陽。

在所有眞理中，他們選擇了時日：
他們拴緊它，不用繩索，而用芬芳，
他們不曾撕碎和平，不曾粉碎語詞。
他們的幸福是一座透明的塔。

空氣和酒與戀人們相伴，
夜以歡樂的花瓣愉悅他們，
他們有權擁有全部的康乃馨。

兩個快樂的戀人，無終，無死，
他們誕生，他們死亡，有生之年重演多次，
他們像大自然一樣生生不息。

49

此刻是今日：昨天的一切逐漸消失於
光的指頭和睡夢的眼中。
明日會踩著綠色的腳步到來：
無人能攔阻黎明之河。

無人能攔阻你雙手的河流，
你睡夢的眼睛，最親愛的，
你是時光的顫動，穿行於
垂直的光與陰暗的太陽間。

天空在你上方收摺起它的羽翼，
引導你，把你送到我的懷抱，
以其準時、神祕的禮節。

我因此歌唱，對著白日，對著月亮，
對著海，對著時間，對著所有星球，
對著你日間的聲音和夜間的皮膚。

50

柯達波斯說，你的笑聲墜落
像一隻獵鷹自陡峭的塔飛下。
的確如此，你劃開世界的枝葉，
以一道系出天空門第的閃電，

它墜落，切割：露珠的舌、
鑽石的水流、光與其蜜蜂都跳躍著。
而在寂靜與其鬚居住過的地方，
太陽和星星的榴彈爆炸，

天塌了下來，連同它陰影重重的夜，
鐘鈴和康乃馨在滿月的光中燃燒，
馬鞍匠的馬群狂奔急馳：

因爲你，一如既往，是如此嬌小，
就任你的笑聲自你的流星墜下，
爲自然萬物的名字通上電流。

譯註：柯達波斯，智利作曲家，聶魯達在聖地牙哥的好友，其生平軼事為人津津樂道。

51

你的笑聲屬於一棵被閃電
劈裂的樹，那銀亮的霹靂
從天而降，撕裂樹冠，
用一把劍將樹切分爲二。

愛人啊，你這樣的笑聲
只誕生於高地的枝葉和雪中，
是在那般高度釋放出的風的笑聲，
南美杉的習性，最親愛的。

我的高山婦，無可置疑來自智蘭，
用你笑聲裡的那些刀揮砍陰影，
揮砍夜晚，清晨，正午的蜂蜜：

枝葉間的鳥兒將在空中跳躍，
當你的笑聲像一道香華
的光，穿透過生命之樹。

52

你歌唱，太陽和天空與你唱和，
你的歌聲剝開白日的穀物，
松樹用綠色的舌頭說話：
所有冬日的鳥兒都鳴囀。

海洋的地窖貯滿了腳步聲，
貯滿了鐘鈴，鎖鍊和啜泣，
金屬和工具叮噹作響，
篷車的輪子嘰嘰嘎嘎。

但我只聽到你的聲音，你的
聲音以箭的飛翔和精準上升，
以雨的重力降落，

你的聲音撒開直入雲霄的刀劍，
滿載紫羅蘭歸來，
陪我漫遊天際。

53

這裡是麵包，酒，餐桌，寓所：
男人的，女人的以及生活的必需品：
急旋的和平奔流到此地歇腳，
共和的火焰燃起這光亮。

讚美你的雙手——飛快地料理出
歌與廚房潔白的成果；
讚美你飛奔的腳的廉正，
啊萬歲！拿著掃把跳舞的芭蕾女伶。

那些帶著水與威脅的粗暴的河流，
那苦痛的泡沫的亭閣，
那些燃燒的蜂巢與暗礁，

如今都化做這歇息，你的血在我的血中，
這午夜般星光璀璨與藍的河床，
這無止盡單純的溫柔。

傍晚｜tarde

54

輝煌的理性，擁有絕對的纍纍果實
和正直的正午的明亮惡魔啊，
我們終於到達這裡，孤單，但不寂寞，
遠離野蠻之城的狂言囈語。

一如純淨的線條描摹出鴿子，
一如火燄以其養分授勛給寧靜，
你我也創造出這天堂般的結局。
理性與愛情裸身共居此屋。

狂亂的夢，苦澀之必然的河流，
比鐵鎚的夢更持久的決定
流進愛人們的雙人杯裡，

直到那成雙的事物被平衡地舉放在
天平上：理性與愛情，像一對翅膀。
透明的本質如是打造完成。

55

荊棘，碎玻璃，疾病，哭喊，
它們日夜圍攻甜蜜的幸福。
高塔，旅行，牆壁都無濟於事。
苦惱滲透進睡眠者的安寧。

憂傷起起落落，帶著它的湯匙靠近，
無人能自外於這無止盡的運轉，
無它，就無出生，無屋頂，無籬笆：
它要求我們正視此一特性。

緊閉雙眼沉浸於愛中無濟於事，
深厚的床鋪也不能隔離發惡臭的傷者
或一步步舉旗逼近的征服者。

因爲生命的脈動像膽汁或河流，
鑿開一條血的隧道，在憂傷那
龐大家族的眼睛看著我們的地方。

56

請習慣看見我背後的陰影，
請容許你的手出哀怨而不染
彷彿它們生成於海洋的早晨：
愛人啊，鹽把它的結晶比例給了你。

嫉妒飽受折磨，斷氣，被我的歌耗盡。
它悲傷的船長一個接一個痛苦而亡。
我說「愛」，世界便群鴿起舞。
我的每一個音節都可喚來春天。

而你，如花盛開，啊心肝，最親愛的，
在我眼睛上方，像天空的枝葉，
你在那兒，而我躺在地上注視你。

我看到太陽將花苞移植到你臉龐，
仰望天空，我認出了你的腳步聲。
瑪提爾德，最親愛的，冠冕，歡迎！

57

他們撒謊，說我失去了月亮，
預言我的命運像一片沙漠，
冷言冷語搬弄是非：
他們企圖查禁宇宙的花朵。

「他不再歌唱美人魚洶湧的
琥珀，除了人民他一無所有。」
他們啃嚙連綿不絕的文件，
陰謀湮沒我的吉他。

但我將耀目的長矛擲進他們的眼睛，
那串連你我之心的我們愛情的長矛。
我收集你的腳步留下的茉莉。

沒有你眼瞼下的光芒，我在夜裡
迷了路，而在透明的襁褓裡
我再次誕生，主宰自己的黑暗。

譯註：一九五〇年代，聶魯達受到一些文學圈的抨擊，因為他揚棄了早期作品中帶有超現實主義的抒情風格，轉而寫作具有政治意涵的、以一般民眾為對象的詩作。

58

在文學的鐵鑄造的大刀闊劍當中，
我像異國的水手四處流浪，
不熟悉那些街角，而我歌唱，
因爲就是這樣，因爲不爲此又爲何？

自飽受折磨的的群島我帶來
我的手風琴，連同大風暴，瘋狂的雨浪，
以及自然萬物慣有的舒緩：
它們造就了我狂野的心。

因此當文學的利齒
試圖咬住我誠實的腳跟，
我漫不經心地走過，隨風歌唱，

走向我童年時期多雨的造船廠，
走向定義模糊的南方的涼爽森林，
走向我的心瀰漫著你香氣的地方。

59

（G.M.）

可憐的詩人：他們受到生與死
以同等陰暗的頑強加以侵擾，
進而爲無感覺的浮誇所蒙蔽，
陷溺於儀典和齒牙的葬禮。

他們如今卑微如小圓石——
拖曳於傲慢的馬群之後，
終而被入侵者所控制，置身
其爪牙間，無法安然入睡。

這些人，斷然了解逝者已逝，
把詩人的葬禮變成悲慘的盛宴，
佐以火雞，豬仔和其他演說家。

當初他們窺伺他的死，而今又侮辱
他的死：只因他閉上了嘴，
無法再用歌聲抗議。

譯註：G. M.顯然是指嘉貝拉・密絲特拉兒（Gabriela Mistral），一九四五年諾貝爾文學獎得主。她曾經在聶魯達成長的泰穆科鎮的學校擔任教師，雖然當時彼此並不相識，但後來成為朋友。密絲特拉兒於一九五七年去世，當時聶魯達正寫作這些詩作。

60

那些企圖傷害我的人傷到了你，
而那本該加諸於我的祕密毒藥
穿過我的工作像穿過一張網，
把鏽痕和失眠留在你的身上。

愛人啊，我不想看到那暗傷我的仇恨
遮蔽你額頭上盛開的月色。
我不想讓遙遠的，遺忘了的哀怨
將其無用的刀之冠冕留在你的夢境。

惡毒的腳步聲尾隨著我，
我笑，可怖的鬼臉模擬我的面容，
我歌唱，嫉妒咬牙切齒地詛咒我。

而那是，愛人啊，生命給予我的陰影：
一套空蕩蕩的衣服，一跛一跛地
追逐我，彷彿露出血腥微笑的稻草人。

61

愛情拖著痛苦的尾巴，
一長列靜止的荊棘之光，
我們閉上眼睛，這樣便沒有事物，
沒有創傷能將我們分開。

這些淚不是你眼睛的錯：
你的手並未將那劍扎入：
你的腳也未尋覓這條路：
陰暗的蜂蜜自己找到你的心。

當愛情像一股巨浪
將我們推向堅硬的石頭轟然碎裂，
我們被磨成了粉末；

憂傷掉入甜美的另一張臉，
於是在這亮光綻放的季節，
受傷的春日聖化了。

62

我好悲，我們好悲啊，最親愛的：
我們只想要愛，彼此相愛，
然而在諸多愁苦中，我倆卻註定
受到如此深的傷害。

我們但求擁有一個你和一個我，
親吻的你，祕密麵包的我，
就是這樣，單純無比，
直到仇恨穿窗而入。

他們帶著恨意，那些不愛我們的愛，
也不愛其他的愛的人們：他們
悲慘如空客廳裡的椅子——

直到他們糾纏成灰燼，
直到他們兇惡威脅的臉孔
在逐漸昏暗的暮色中熄滅。

63

我前行，不僅穿過荒原——那兒鹹鹹的岩塊
彷彿唯一的玫瑰，一朵埋身海中的花朵——
同時走在鑿雪而流的河岸；
嚴酷的崇山峻嶺也感知我的步履。

我蠻荒家國糾纏、咻咻作響之領土，
致命之吻緊鎖著叢林的熱帶葛蔓，
一面飛升一面甩落顫抖的鳥兒濕潤的哭聲：
噢，失落的悲傷和險惡的淚水所在的疆土！

不單單它們屬於我：銅器有毒的表層，
伸展如雪白臥像的硝石——
還有葡萄園，還有春天賞賜的櫻桃，

它們也是我的，而我也屬於它們，像黑色微粒
落在乾涸的大地上，落在投射於葡萄的秋光裡，
落在這個由雪之塔撐起的金屬家國中。

64

我的生命被如此豐盈的愛染成了紫色，
我像一隻蒙眼的鳥兒慌張地轉向，
直到抵達你的窗前，我的朋友：
你聽到破碎的心喃喃低語。

我飛出陰影向你胸前攀升，
不存在也不知覺地，我飛上麥子之塔，
湧向你手中的生命，
自海洋向你的欣喜攀升。

任誰也算不出我對你的虧欠，愛人啊，
我對你的虧欠是清澄透明的，彷彿產自
雅勞科的根，啊我對你的虧欠，愛人。

我對你的一切虧欠，無疑的，如星星滿佈，
我對你的虧欠像荒原的一口井，
時間在那兒守望著漂泊的閃電。

65

瑪提爾德，你在哪裡？我看到了，在下面，
在我的領帶底下，心臟上方，
肋骨間的一陣悲傷，
你消失得何其快速。

我需要你活力的光輝；
我環顧四周，吞噬希望。
我凝視少了你的那股空虛，像一間屋子，
除了悲情的窗子，一無所有。

天花板沉默寡言地聆聽
古老、無葉的雨的掉落，
聆聽羽毛，聆聽夜所囚禁的一切：

我如是等著你，彷彿一間孤寂的屋子，
等到你願意再次見我並活在我心中。
在等候中，我的窗子一直痛著。

66

我是不會愛你的——要不是因爲我愛你；
我從愛你變成不愛你，
從沒有等你時等待你，
我的心由冰冷轉爲烈火。

我愛你，只因你是我所愛，
我對你的恨無止盡，恨你又求你，
衡量我變遷的愛的標準是：
我未見你卻盲目地愛著你。

或許一月的光會用它殘忍的
暉彩耗損我的心，
竊取我那把開啓寧靜的鑰匙。

在這一段故事裡，我是唯一的死者，
我將爲愛殉身，因爲我愛你，
因爲我愛你，親愛的，在血與火中。

67

來自南方的大雨落在黑島上
像單一的一滴，清澄而沉重，
大海打開它清涼的葉片接收，
大地得知酒杯如何履行它潮濕的命運。

我的靈魂啊，請在你的吻中賜我
這些個月來含鹽的水，賜我田野的蜂蜜，
被天空的千唇吻濕的芬芳，
冬季海洋神聖的耐心。

某樣東西向我們召喚，所有的門自動開啓，
雨水向窗子反覆述說謠言，
天空向下生長，直到觸及根部，

於是日子將天堂的網織了又拆，
用時間，鹽分，耳語，成長，道路，
一個女人，一個男人，以及地球上的冬天。

68

（船首的破浪神像）

那木製的女孩不是走路來的：
她突然出現在那兒，在磚上坐著，
頭上覆滿古老大海的花朵，
目光中露出根的哀愁。

她待在那兒，注視我們公開的人生，
大地上的走動，存在，來來去去，
當白日讓漸放的花瓣枯萎。
守望我們，卻沒看我們，這木製的女孩。

以古老的波浪爲冠的女孩，
她以挫敗的眼睛向外凝望：
她知道我們生活在以時間和水和浪
和聲音和雨織成的遙遠的網中，
她不知我們究竟眞的存在，抑或只是
她的夢境。這便是木製女孩的故事。

譯註：聶魯達對船首的破浪神像的蒐集十分熱中。其中一座為「天人瑪利亞」（Maria Celeste）——置於屋外的海灘——據說每年冬天會落淚。另外一座——聶魯達認為酷似密絲特拉兒——常讓當地虔誠的婦女誤以為是真正的神像，而點燃蠟燭、奉上鮮花跪拜。

69

少了你或許只剩空虛——
少了你移動如一朵藍色的花，
切割正午，少了你在午後
穿行過霧色和那些磚，

少了你手中握著的光——
它的金黃他人或許看不見，
也或許沒有人知道它在成長
一如玫瑰鮮紅的出身。

總之，少了你在身邊，少了你
突然地、令人振奮地前來探知我的生活，
玫瑰的陣風，風的小麥：

從那時起我因你而存在，
從那時起你存在，我存在，我們存在，
因爲愛，我和你和我們將永遠存在。

70

我或許受了傷——雖然未流血——
沿著你生命中的一道光芒前行。
在叢林之中，水擋住了我的去路，
連天空一起掉落的雨水。

然後我觸摸到那顆隨雨落下的心：
我知道那是你的眼睛，它穿透我，
進入我的憂傷的遼闊腹地。
只聽見影子竊竊私語：

它是誰？它是誰？然而它沒有名字，
叢林中顫動的樹葉或
烏黑的水，都聾了，在小徑上：

因此，愛人啊，我知道我受傷了，
在那兒無人說話，除了陰影，
漂泊的夜和雨水的吻。

71

愛情橫越它的島嶼，從憂傷到憂傷，
它紮下了根，淋以淚水，
無人，無人能夠躲避它沉默
又食肉的心奔跑時的腳步。

你我曾尋覓一座洞窟，一個星球，
在那裡，鹽碰觸不到你的髮，
在那裡，悲傷不會因我的過失而滋長，
在那裡，麵包將長生不老。

一個被距離和樹葉纏繞的星球，
一個荒地，一塊堅硬且無人棲身的岩石：
我們打算用自己的雙手搭蓋一個

牢固的巢，沒有傷害沒有創痛沒有語言，
而愛情並非如此：愛情是一座瘋狂城市，
門廊上擠滿了面色慘白的人們。

72

愛人啊，冬天已歸營，
大地打點好它黃色的禮物，
我們的手撫過一個遙遠的國度，
撫過地理的長髮。

離開！現在！動身：輪子，船，鐘，
被無限的白日鋼化的飛機——
前往群島的婚姻氣味，
歡樂的長形穀粒！

走吧，站起來，把頭髮夾起來，起飛，
降落，跟隨大氣與我一同奔跑歌唱：
讓我們搭火車前往阿拉伯或托可畢亞，

只爲了向遠方的花粉遷徙，
到赤腳的貧困君王所統治，
有著破布和梔子花的刺針似的村鎮。

譯註：托可畢亞，位於荒涼的安多法加斯塔省的海港，為硝酸鹽加工中心和銅礦開採中心。

73

也許你會記得那面容尖削的男子，
他像刀刃一般自暗處出現，
在我們尚未瞭解前便知道一切：
他看到煙，便斷定是火。

臉色蒼白的黑髮女子
像魚一般自深淵冒出，
他們倆建構了一組機械裝置，
全副武裝，對抗愛情。

男人和女人劈倒高山和花園，
步下河流，攀上圍牆，
把殘暴的大砲扛上山丘。

而後愛情始知那叫做愛。
就在我抬頭注視你名字的時候，
你的心忽然爲我指引去路。

74

被八月的水打濕，道路
閃閃發亮，彷佛貫穿滿月，
貫穿蘋果飽滿的光，
在秋日果實的中央。

霧，空間，或穹蒼，白日模糊的網
因寒冷的夢、噪音、魚而鼓漲，
島嶼的蒸氣和大地爭鬥，
海洋在智利的光芒上方顫抖。

萬物凝聚如金屬，樹葉
躲藏，冬天隱瞞它的家世，
我們是僅有的盲者，永無止盡，孤零零的。

只臣服於變動、告別、
旅行、道路靜悄悄的溝渠：
別了，大自然的淚水落下。

75

這兒有房子，海，和旗子。
我們漫步走過別的長籬笆。
我們找不到大門，也找不到我們
不在時的聲音——彷彿死了一般。

最後房子打開它的沉默，
我們進入，跨過廢棄物，
死老鼠，空洞的道別，
在水管裡哭泣的水。

哭泣，這房子——哭泣，日以繼夜；
它虛掩著，和蜘蛛一起嗚咽，
它分崩離析，自它黑色的眼睛。

而今，驟然間，我們讓它復甦。
我們安居其中，它認不出我們：
它得開花，卻忘了如何開花。

76

狄亞哥．里維拉以熊的耐性
在顏料中，獵尋森林的瑪瑙
或朱砂，血液猝然綻放的花朵，
在你的畫像中，他集合了世界的光。

他畫你鼻梁上傲慢的遮影，
你脫韁的眼瞳冒出的火花，
你那燃起月亮妒意的指甲，
以及你夏日的皮膚裡，那西瓜般的嘴巴。

他把你畫成雙頭，兩座燃燒著的火山，
因爲火，因爲愛，因爲你阿勞科的家世，
而在那兩張金黃色的泥臉上方，
他爲你覆上狂野之火打造的頭盔，
我的目光在那兒偷偷徘徊，
糾纏於其豐實之塔：你的頭髮。

譯註：一九四〇到一九四三年間，聶魯達擔任墨西哥總領事，結識墨西哥畫家狄亞哥．里維拉（Diego Rivera），對其散發濃厚社會主義色彩的壁畫頗為賞識。

77

今天就是今天，負載著所有往日的重量，
張著將成為明日的一切東西之翅；
今天是海的南方，水的老年，
嶄新的一天建構完成。

已耗盡的一日的花瓣聚集在
你的嘴上，高舉向光，向月，
而昨天急步走下陰暗的小路，
我們因此憶起它那張逝去的臉。

今天，昨天，明天走過，
日子像燃燒的小牛被耗盡，
我們的牛群等候著，來日無多，

然而時間在你心中撒下了麵粉，
我的愛用泰穆科的泥造了個火爐：
你是我靈魂每日的麵包。

78

我沒有絕不再，也沒有總是。在沙裡
勝利留下它消失的腳印。
我是窮人，甘心愛自己的同類。
我不知你是誰。我愛你。我不送也不賣荊棘。

或許會有人知道我並未編織染血的
王冠，知道我和嘲弄對抗，
而且確曾讓我靈魂的高潮滿漲。
我用鴿子回報醜惡。

我沒有絕不，因我與衆不同——
過去是，現在是，以後還是。我以
不斷變動的愛情之名，宣示純眞。

死亡只不過是塊遺忘的石頭。
我愛你，在你口中我親吻喜悅。
讓我們撿拾薪柴，在山上生火。

夜晚 | noche

79

在夜裡，愛人啊，請將你心與我心相繫，
這樣兩顆心將在夢中合力擊退黑暗，
彷彿雙面鼓在森林裡敲打
對抗潮濕的樹葉堆成的厚牆。

夜間旅行：睡夢的黑色火燄
剪斷地球上葡萄的細線，
準時得像一列不停地拖著
陰影和寒岩的狂亂的火車。

所以啊，愛人，請將我繫在純粹的
移動上，和你胸中以水底天鵝
之翼拍動的堅貞不移相繫，

好讓我們的睡夢以唯一的鑰匙，
以唯一一扇被陰影關閉的門，
回答滿天閃閃發光的問題。

80

親愛的，我自旅行和憂傷歸來
回到你的聲音，回到你飛馳於吉他的手，
回到以吻擾亂秋天的火，
回到迴旋天際的夜。

我爲天下人祈求麵包和主權，
爲前途茫茫的工人，我祈求田地，
但願無人要我歇止熱血或歌唱。
然而我無法棄絕你的愛，除非死亡到來。

就彈一首華爾滋歌詠這寧靜的月色吧，
一首船歌，在吉他的流水裡，
直到我的頭低垂，入夢：

因我已用一生的無眠織就
這樹叢中的庇護所——你的手居住、飛揚其間
為睡眠的旅人守夜。

81

而今你屬於我。在我夢中倚夢而憩。
愛與痛苦與工作現在都該安眠了。
夜轉動它隱形的輪軸，
你在我的身旁純淨一如熟睡的琥珀。

親愛的，沒有別人會在我夢中安睡。
你將離去，我們將一同跨過時間的海洋。
沒有人會伴我穿行過陰影，
除了你，千日紅，永恆的太陽，永恆的月亮。

你的手已經張開纖弱的拳
讓它們輕柔漂浮的手勢淡去，
你的雙眼緊閉像兩只灰色的羽翼，

而我任由你湧動起來的浪將我帶走：
夜晚，世界，風織紡它們的命運。
沒有了你，我不復存在，只是你的夢。

82

愛人啊，我們關上這扇夜之門，
請隨我，愛人，隨我穿過陰影之地：
闔上你的夢，和你的天空一起進入我的眼睛，
在我的血液中擴展如一條寬闊的河。

再會啦，再會，落入過去每一日
麻袋中的殘忍亮光。
再會啦，手錶或橘子的每一道光芒。
你好，噢陰影，我間歇性的朋友！

在這船或水或死亡或新生命裡，
我們再度結合，熟睡，復活，
我們是血液之中夜的聯姻。

我不知道誰生誰死，誰歇息誰清醒，
但我知道是你的心，將黎明的
恩典，分發到我的胸中。

83

夜裡感覺你在身邊眞好，愛人，
你隱入睡夢裡，認眞地屬於夜，
而我解開如迷亂的網般
糾纏著我的憂慮。

你的心航過夢境，已遠去，
但你的身體如是恣意地呼吸著，
找我卻不必睜眼，成全我的睡眠，
像暗處繁殖的植物。

明天你起床時，你將變成另一個人，
而從湮沒於夜間的邊界，
從我們既在又不在的此際，

某樣東西在生命的光中越靠越近，
彷彿黑暗的印章，以火
在其祕密創造物上烙下印記。

84

再一次，愛人啊，白日的網撲滅
工作，輪軸，火，鼾聲，道別，
我們把正午取自光與大地的
起伏的麥浪交給夜晚。

只剩月亮，在其雪白紙頁的中央
撐起天國港口的根根圓柱，
臥房瀰漫一股黃金的舒緩，
你的手移動著，開始打點夜晚。

啊愛人，啊夜，啊在天空的陰影下
為深不可測的河流所環繞的圓頂——
暴風雨般的葡萄在其中載浮載沉，

直到我們只不過是一片黑暗，
一個盛納天空灰燼的杯子，
緩緩長河脈動中的一滴水。

85

朦朧的霧自海上流向街道
像置身寒氣中的牛群所吐出的熱氣，
長長的水舌聚集，覆蓋住那
許諾我們美好生活的月分。

大步行進的秋天，咻咻作響的葉之蜂巢，
當你的旗幟飛揚於我們城鎮的上空，
瘋女們唱著歌爲河流送別，
馬群一路嘶鳴向巴塔哥尼亞。

一根傍晚的藤蔓在你臉上
無聲生長，愛情將之
舉向天空鏗鏘作響的馬蹄鐵。

我彎身趨近你夜晚肉體之火，
我不僅愛你的乳房，也愛
深藍血液灑遍霧色的秋日。

譯註：巴塔哥尼亞，南美洲最南方的高原，幾近不毛，風沙狂猛。

86

啊南十字星，啊芳香燐光的車軸草，
你的美麗今天以四個吻滲入，
穿過陰影又穿過我的帽子：
月亮在寒氣中盤轉著。

而後，隨著我的愛和我的愛人，啊霜藍的
鑽石，夜空之澄靜，
鏡子：你出現，夜因你四座
震蕩著酒香的酒窖而豐滿。

啊光潔、純淨的魚悸動的銀光，
綠色的十字，陰影明亮的荷蘭芹，
固定於純一天空的飛螢：

到我這兒歇息吧，讓我們一塊兒闔上眼睛。
與人間的夜共眠，一分鐘就好。
在我身上點亮你星輝燦爛的四個數字。

譯註：南十字星，南半球象徵冬季的星座。

87

三隻海鳥，三道陽光，三把剪刀
穿過寒冷的天空，飛向安多法加斯塔：
大氣隨之顫動，
萬物也因此顫動如受傷的旗子。

孤寂啊，請給我你無盡根源的表徵，
殘酷之鳥幾不成形的飛行路徑，
比蜂蜜，音樂，海洋，誕生，
無疑地，更早到臨的悸動。

（堅貞不移的臉所支撐的孤寂
像一朵沉重的花不斷伸展，
直到包住天空純淨的群體。）

海洋的，群島的寒冷之翼
飛向智利西北的沙灘。
夜門上其天國之門。

譯註：安多法加斯塔，智利中北部的省分，多山且多沙漠，擁有全世界最強的日照。
鳥群飛向安多法加斯塔過冬。

88

三月帶著它隱密的光歸來，
龐大的魚群滑行過天空，
地上朦朧的霧氣悄然前移，
萬物逐一臣服於寂靜。

在此飄忽不定的大氣的危機中，
你幸運地將海的生命融入火的生命：
冬日船隻灰色的航行，
愛情在吉他上刻下的形狀。

啊愛人，你是被美人魚和泡沫濡濕的玫瑰，
你是火，舞動著身子攀爬隱形的樓梯，
驚醒了失眠隧道中的血液，

以便讓浪花在天空筋疲力竭，
讓大海忘掉它的貨物和獅子，
讓世界掉入陰暗的網中。

89

當我死時，我要你把手放在我的眼睛上：
我要你可親雙手的光與麥
再次將其清新傳遍我身：
我要體會改變我命運的那份溫柔。

我要你活著，當我睡著等你。
我要你的耳朵仍然傾聽風聲，
要你嗅聞我倆共同愛過的海的芳香，
繼續漫步於我們走過的沙灘上。

我要我喜歡的一切繼續存活，
還有你——我對你的愛與歌讚超乎一切——
我要你繼續繁茂，盛開，

這樣你才能到達我的愛指引你的所有去向，
這樣我的影子才能在你的髮間遊走，
這樣萬物才能明白我歌唱的理由。

90

我想像我死了，感覺寒冷逼近，
剩餘的生命都包含在你的存在裡：
你的嘴是我世界的白日與黑夜，
你的肌膚是我用吻建立起來的共和國。

頃刻間都終止了——書籍，
友誼，辛苦積累的財富，
你我共同建築的透明屋子：
全都消失了，只剩下你的眼睛。

因爲在我們憂患的一生，愛只不過是
高過其他浪花的一道浪花，
但一旦死亡前來敲門，啊，

就只有你的目光將空隙塡滿，
只有你的清澄將虛無抵退，
只有你的愛，把陰影擋住。

91

年歲像細雨般覆蓋著我們，
時間永無止境，愁容滿面，
一根鹽的羽毛碰觸你的臉龐，
一道涓涓細流噬穿我的衣服。

時間分辨不出我的雙手
或者你手中捧著的一堆橘子：
生命以雪和鶴嘴鋤啄食
你的——亦即我的——生命。

我那已奉獻給你的生命滿載著
年歲，彷彿一串鼓脹的水果。
葡萄將回歸大地。

即便在那兒，時間依然繼續，
期待著，雨點般落於塵土之上，
急切地想抹去甚至不存在的事物。

92

親愛的，倘若我死而你尚在人世，
親愛的，倘若你死而我尚在人世，
我們不要讓憂傷占領更大的疆域：
我們居住的地方是最廣闊的空間。

小麥的灰塵，沙漠的沙，
時間，流浪的水，朦朧的風，
像飛行的種籽導引我們。
不然我們可能無法在時光中找到對方。

這片讓我們找到自我的草地，
啊小小的無限！我們將之歸還。
但是愛人啊，這份愛尚未結束，

一如它從未誕生，它也
不會死亡，像一條長河，
只改變土地，改變唇形。

93

如果你的胸膛暫停起伏，
如果某樣東西不再移動，不再燒遍你的血脈，
如果你嘴裡的聲音逃逸而未形成話語，
如果你的手忘了飛翔而沉沉睡去，

瑪提爾德，親愛的，就讓你的唇微張著，
因爲最後那一吻該滯留我身邊，
該永遠只停駐於你的嘴裡，
如此它才可以隨我進入死亡之境。

我將一邊吻著你瘋狂冰冷的唇，
一邊愛撫你身體遺落的果實，
一邊尋覓你緊閉雙眼的光而死去。

如此當大地接受我們的擁抱時，
我們將融合成一個死，
永遠活在吻的永恆之中。

94

假如我死了，請你以純粹的力量繼續存活，
好讓蒼白和寒冷怒火中燒；
請閃動你那無法磨滅的眼睛，從南方到南方，
從太陽到太陽，直到你的嘴歌唱如吉他。

我不希望你的笑聲或腳步搖擺不定，
我不希望我的快樂遺產亡失；
別對著我的胸膛呼喊，我不在那兒。
請你像住進房子一樣，住進我的離開。

離開是如此巨大的房子，
你將穿行過牆壁
把圖畫掛在大氣之中。

離開是如此透明的房子，
即便我死了，也將看著你生活，
倘使你受苦，親愛的，我將再死一次。

95

有誰像我們一樣相愛？且讓我們
搜尋燃燒的心留下的古老灰燼，
並且讓我們的吻一個接一個落下，
直到那朵空無的花甦醒。

且讓我們愛那落盡果實，連同
形貌與力量一起沒入大地的愛情：
你和我是永不熄的光，
是它折不斷的細穗。

給那被如此多寒冷的時光，
被雪和春天，被遺忘和秋天埋葬的
愛，新蘋果的光澤吧，

一種由新傷口開啓的清新，
一如那古老的愛，無聲穿過
湮沒衆口的永恆之境。

96

我想，你愛我的這一刻將會
逝去，被另一種藍取代，
另一層皮膚會覆蓋同樣的骨頭，
另一些眼睛會看到春天。

那些捆住時間的人，
那些與煙對話的人，
官僚，商人，過客，無一
能在他們的繩索中繼續移動。

那些戴眼鏡的殘酷之神將會消逝，
那些帶著書的多毛的肉食動物，
那些蚜蟲，那些鳴禽。

當大地被沖洗得煥然一新，
另一些眼睛將誕生於水中，
小麥也將生長，不再流淚。

97

這時節，人必須飛，但飛往何處？
沒有羽翼，沒有飛機，要飛，無疑：
腳步忽忽而過，不可挽回，
未曾帶動旅者的雙腳。

人時時刻刻都得飛，一如
老鷹，家蠅，以及時日，
必須征服土星之眼
並且在那裡建造新的鐘。

鞋子與路不再夠用，
大地對流浪者也不再有用，
根已穿過黑夜，

你將出現於另一個星球，
注定倏乎即逝，
終將蛻化成爲罌粟。

98

這個詞，這張被單一的手
化成的千手所書寫的紙，
不會存留於你體內，它對夢無益，
它掉落地面：那兒，它繼續存在。

光或讚美溢出杯外
沒什麼關係，
只要它們是酒一次綿長的顫抖，
只要你的嘴染上莧紫的顏色。

這個詞不再需要緩慢說出的音節，
暗礁從我的記憶帶走又
帶回的一切，惱怒的泡沫：

它只想書寫你的名字。
即使此刻我陰鬱的愛使之歸於沉寂，
稍後春天又會開口讀出這個詞。

99

別的日子會來，植物與行星的
沉默終會有人瞭解，
好多純粹的事情將會發生！
小提琴將散發出月亮的芬芳！

也許麵包將和你一樣：
擁有你的聲音，你小麥的特質，
而另一些東西將用你的聲音說話：
秋日裡迷失的馬群。

即使並非全如你意，
愛仍將把巨桶注滿，
如牧羊人古老的蜂蜜，

而在我心頭的塵土裡（那兒
貯藏了好多豐盛的東西），
你將在瓜果間來回穿梭。

100

在地球的中央，我將把瑪瑙
推置一旁，這樣我才能看到
你像一名抄寫員，用一枝
水做的筆謄寫植物的嫩枝。

世界何其美好！多麼奧妙的歐芹！
航行過甜蜜之域的船隻何其幸福！
你或許是，我或許是，一塊黃玉。
鐘聲裡不再有衝突紛爭。

什麼都沒有，除了隨心所欲的空氣，
御風而行的蘋果，
森林中多汁液的書本：

在康乃馨呼吸的地方，我們將
著手縫製一件衣服，一直穿到
和勝利的吻一樣天長地老。

聶魯達年表

陳黎．張芬齡 編

一九〇四　七月十二日生於智利中部的農村帕拉爾（Parral）。本名內夫塔利·里卡多·雷耶斯·巴索阿爾托（Nefatalí Ricardo Reyes Basoalto）。父爲鐵路技師，母爲小學教員。八月，母親去世。

一九〇六　隨父親遷居到智利南部邊境小鎮泰穆科（Temuco）。在這當時仍未開拓，草木鳥獸尚待分類的邊區，聶魯達度過了他的童年與少年。

一九一四　十歲。寫作了個人最早的一些詩。

一九一七　十三歲。投稿泰穆科《晨報》（*La Mañana*），第一次發表文章。怕父親知道，以 Pablo Neruda 之筆名發表。這個名字一直到一九四六年始取得法定地位，變成他的眞名。

一九一八　擔任泰穆科《晨報》的文學編輯。

一九二一　離開泰穆科到聖地牙哥，入首都智利大學教育學院攻讀法文。詩作〈節慶之歌〉（"La canción de la fiesta"）獲智利學聯詩賽首獎，刊載於學聯雜誌《青年時代》。

一九二三　第一本詩集《霞光》（*Crepusculario*）出版；在這本書裡聶魯達試驗了一些

超現實主義的新技巧。

一九二四　二十歲。出版詩集《二十首情詩和一首絕望的歌》（*Veinte poemas de amor y una canción desesperada*），一時名噪全國，成爲傑出的年輕智利詩人。

一九二五　詩集《無限人的試煉》（*Tentativa del hombre infinito*）出版；小說《居住者與其希望》（*El habitante ye su esperanza*）出版。

一九二六　散文集《指環》（*Anillos*）出版。

一九二七　被任命爲駐緬甸仰光領事。此後五年都在東方度過。在這些當時仍是英屬殖民地的國家，聶魯達開始接觸了艾略特及其他英語作家的作品，並且在孤寂的日子當中寫作了後來收在《地上的居住》裡的那些玄祕、夢幻而動人的詩篇。

一九二八　任駐斯里蘭卡可倫坡領事。

一九三〇　任駐爪哇巴達維亞領事。十二月六日與荷蘭裔爪哇女子哈根娜（Maria Antonieta Hagenaar）結婚。

一九三一　任駐新加坡領事。

一九三二　經過逾兩個月之海上旅行回到智利。

一九三三　詩集《地上的居住·第一部》（*Residencia en la tierra, I*, 1925-1931）在聖地牙哥出版。八月，任駐阿根廷布宜諾斯艾瑞斯領事。十月，結識西班牙詩人羅爾卡（Federico García Lorca）。

一九三四　任駐西班牙共和國巴塞隆納領事。女兒瑪麗娜（Malva Marina）出生於馬德里。翻譯英國詩人布萊克（William Blake）的作品〈阿比昂女兒們的幻景〉（"Visions of the Daughters of Albion"）和〈精神旅遊者〉（"The Mental Traveller"）。結識大他二十歲的卡麗兒（Delia de Carril）——他的第二任妻子，兩人至一九四三年始於墨西哥結婚。與西班牙共黨詩人阿爾維蒂（Rafael Alberti）交往。

一九三五　任駐馬德里領事。《地上的居住·第一及第二部》（*Residencia en la tierra, I y II*, 1925-1935）出版。編輯出版前衛雜誌《詩的綠馬》（*Caballo Verde para la Poesía*），爲傳達勞動的喧聲與辛苦，恨與愛並重的不純粹詩辯護。

一九三六　西班牙內戰爆發。詩人羅爾卡遭暗殺，聶魯達寫了一篇慷慨激昂的抗議書。

解除領事職務，往瓦倫西亞與巴黎。與哈根娜離異。

一九三七　回智利。詩集《西班牙在我心中》（*España en el corazón*）出版，這是聶魯達對西班牙內戰體驗的紀錄，充滿了義憤與激情。

一九三八　父死。開始構思寫作《一般之歌》（*Canto general*）。

一九三九　西班牙共和國垮台。被派至法國，擔任負責西班牙難民遷移事務的領事。詩集《憤怒與哀愁》（*Las furias y las penas*）出版。

一九四〇　被召回智利。八月，擔任智利駐墨西哥總領事，至一九四三年止。一九四二女兒瑪麗娜病逝歐洲。

一九四三　九月，啓程回智利，經巴拿馬，哥倫比亞，祕魯諸國。十月，訪祕魯境內之古印加廢墟馬祖匹祖高地。十一月，回到聖地牙哥，開始活躍於智利政壇。

一九四五　四十一歲。當選國會議員。加入共智利共產黨。與工人、民衆接觸頻繁。

一九四六　在智利森林公園戶外音樂會中初識後來成爲他第三任妻子的瑪提爾德·烏魯齊雅（Matilde Urrutia）。

一九四七　詩集《地上的居住·第三部》（*Tercera residencia,* 1935-1945）出版。開始發表《一般之歌》。

一九四八 智利總統 González Videla 宣布斷絕與東歐國家關係，聶魯達公開批評此事，因發覺有被捕之虞而藏匿。智利最高法庭判決撤銷其國會議員職務，法院亦對其通緝。

一九四九 共黨被宣告爲非法。二月二十四日聶魯達開始流亡。經阿根廷至巴黎，莫斯科，波蘭，匈牙利。八月至墨西哥，染靜脈炎，養病墨西哥期間重遇瑪提爾德，開始兩人祕密的戀情。

一九五〇 《一般之歌》出版於墨西哥，這是聶魯達歷十二年完成的偉大史詩，全書厚四百六十八頁，一萬五千行，共十五章。訪瓜地馬拉，布拉格，巴黎，羅馬，新德里，華沙，捷克。與畢卡索等藝術家同獲國際和平獎。

一九五一 旅行義大利。赴巴黎，莫斯科，布拉格，柏林，蒙古，北京——在那兒，代表頒發國際和平獎給宋慶齡。

一九五二 停留義大利數月。詩集《船長的詩》（*Los versos del capitán*）匿名出版於那不勒斯，這是聶魯達對瑪提爾德愛情的告白。聶魯達一直到一九六三年才承認是此書作者。赴柏林與丹麥。智利解除對聶魯達的通緝。八月，回到智利。

一九五三　定居於黑島（Isla Negra）——位於智利中部太平洋濱的小村落，專心寫作。開始建造他在聖地牙哥的房子「查絲蔻納」（La Chascona）。

一九五四　旅行東歐與中國歸來，出版情詩集《葡萄與風》（*Las uvas y el viento*）。詩集《元素頌》（*Odas elementales*）出版，收有六十八首題材通俗、明朗易懂，每行均很短的頌詩。

一九五五　與卡麗兒離異。與瑪提爾德搬進新屋「查絲蔻納」。訪問蘇俄，中國及其他社會主義國家，以及義大利，法國。回到拉丁美洲。

一九五六　《元素頌新集》（*Nuevas odas elementales*）出版。回到智利。

一九五七　《元素頌第三集》（*Tercer libro de las odas*）出版。開始寫作《一百首愛的十四行詩》（*Cien sonetos de amor*），這同樣是寫給瑪提爾德的情詩集。

一九五八　詩集《狂想集》（*Estravagario*）出版。

一九五九　出版詩集《航行與歸來》（*Navegaciones y regresos*）。出版《一百首愛的十四行詩》。

一九六一　詩集《智利之石》（*Las piedras de Chile*）出版。詩集《典禮之歌》（*Cantos ceremoniales*）出版。

一九六二　《回憶錄：我承認我歷盡滄桑》（*Confieso que he vivido: Memorias*）於三月至六月間連載於巴西的《國際十字》（*Cruzeiro Internacional*）雜誌。詩集《全力集》（*Plenos poderes*）出版。

一九六四　七月，出版自傳體長詩《黑島的回憶》（*Memorial de Isla Negra*），紀念六十歲生日。沙特獲頒諾貝爾文學獎，拒領，理由之一：此獎應頒發給聶魯達。

一九六六　十月二十八日，完成與瑪提爾德在智利婚姻合法化的手續（他們先前曾在國外結婚）。出版詩集《鳥之書》（*Arte de pajaros*）；出版詩集《沙上的房子》（*Una casa en la arena*）。

一九六七　詩集《船歌》（*La barcarola*）出版。發表音樂劇《華金·穆里葉塔的光輝與死亡》（*Fulgor y muert de Joaquín Murieta*），這是聶魯達第一個劇本。

一九六八　詩集《白日的手》（*Las manos del día*）出版。

一九六九　詩集《世界的末端》（*Fin de mundo*）出版。

一九七〇　詩集《天上之石》（*Piedras de pielo*）出版。寫作關於人類進化起源的神話詩《熾熱之劍》（*La espada encendida*）。阿葉德（Salvador Allende）當選智利總統：事實上，在阿葉德得提名之前，聶魯達一度是共黨法定的總統候選人。

一九七一　再度離開智利，前往巴黎就任智利駐法大使。十月二十二日，獲頒諾貝爾文學獎。

一九七二　發表〈四首法國詩〉；出版《無果的地理》（*Geografía infructuosa*）。在領取諾貝爾獎之後帶病回國，然卻不得靜養，因爲此時的智利已處在內戰的邊緣。

一九七三　發表詩作《處死尼克森及讚美智利革命》（*Incitación al Nixonicido y alabanza de la revolución chilena*）。九月十一日，智利海軍、陸軍相繼叛變，聶魯達病臥黑島，生命垂危。總統府拉莫內達宮被炸，阿葉德被殺。九月二十三日，聶魯達病逝於聖地牙哥的醫院，享年六十九歲。他的葬禮變成反對軍人政府的第一個群衆示威，他在聖地牙哥的家被闖入，許多書籍文件被毀。詩集《海與鈴》（*El mar y las campanas*），《分離的玫瑰》（*La rosa separada*）出版。

一九七四　詩集《冬日花園》（*Jardín de invierno*），《黃色的心》（*El corazón amarillo*），《二〇〇〇》（*2000*），《疑問集》（*El libro de las preguntas*），《哀歌》（*Elegía*），《精選的缺陷》（*Defectos escogidos*）出版。《回憶錄：我承認我歷盡滄桑》出版。

一百首愛的十四行詩 Cien sonetos de amor

國家圖書館出版品預行編目（CIP）資料

一百首愛的十四行詩／聶魯達著；陳黎，張芬齡譯．-- 二版．--
臺北市：九歌，2023.04
面；　公分．--（九歌譯叢；63）

ISBN 978-986-450-550-0(平裝)
885.8151　　　　112002949

著　　者——聶魯達　Pable Neruda
譯　　者——陳黎・張芬齡
創 辦 人——蔡文甫
發 行 人——蔡澤玉
出　　版——九歌出版社有限公司
台北市 105 八德路 3 段 12 巷 57 弄 40 號
電話／02-25776564・傳真／02-25789205
郵政劃撥／0112295-1

九歌文學網　www.chiuko.com.tw

印　　刷——前進彩藝有限公司
法律顧問——龍躍天律師 ・ 蕭雄淋律師 ・ 董安丹律師
初　　版——1999 年 6 月
二　　版——2023 年 4 月
定　　價——320 元
書　　號——0103063
I S B N——978-986-450-550-0